etc. books

ヴァージニア・ウルフ

ある協会

片山亜紀 訳

A Society

by Virginia Woolf

1921

ある協会

ヴァージニア・ウルフ

片山亜紀 訳

　それはこんなふうに始まった。ある日のこと、紅茶を飲んだ私たちは六、七人で座っていた。通りの向こう側には帽子屋があり、その窓に見入っている人もいた――真紅の羽根飾りや金色のハイヒールに、まだ光が当たってキラキラ輝いていた。紅茶のトレーの端に角砂糖を積み上げて、小さな塔を作って暇を潰している人もいた。私の記憶では、それからほどなくしてみんな暖炉の前に集まって、いつものように男たちを讃えはじめた。強いよね、立派だよね、頭がいいよね、勇気あるよね、かっこいいよね――そして、そのうちの一人を一生涯、どうにかこうにか自分につなぎとめておける女の人って羨ましいよね。

　すると、それまで一言も発さなかったポルがわっと泣き出した。ポルっていつも変だった。というかポルのお父さんが変わった人だった――遺言でポルに財産を遺してはくれたけれど、ロンドン図書館[*1]の本をお前がすべて読み切るならば、という条件つきだったのだ。私たちは泣き出したポルをできるかぎり慰めたけれど、心の底では無益なことだとわかっていた。だって、もちろん私たちはポルのことが好きだったけど、ポルはちっとも美人じゃないし、靴紐だってだらしなくほどけている。私たちが男たちを褒めそやしているあいだも、どうせ自分には誰一人プロポーズしてくれないだろうなんて考えていたに違いない。

　ポルはどうにか泣き止んだ。しばらくのあいだ、ポルの言っていることは意味不明だった。変なことを言うようだけど、正真正銘、意味がわからなかった。ポルは言った。みんなも知ってるだろうけど、私はたいていロンドン図書館で本を読んでるの。最上階のイギリス文学から始めた。一階の『タイムズ』紙を目指して、しっかり読み進めてる。でもいま半分か、もしかするとたぶん四分の一しか進んでいないのに、恐ろしいことが起きたの。これ以上読めないのよ。本って、あなたたちが考えているようなものじゃない。「本っていうのはね」と言うなり彼女は立ち上がり、永遠に忘れられなくなるくらい打ちひしがれた様子で叫んだ。「たいていどうしようもなく酷《ひど》いのよ！」

　もちろん、私たちは大声で言い立てた。シェイクスピアだって本を書いたでしょう、ミルトンだってシェリーだって[*2]。

「ああそうね」ポルは私たちを遮《さえぎ》った。「ずいぶんと教養がおありね。でもみんなはロンドン図書館に登録してないじゃない」ここでポルは改めてわっと泣き出した。しばらくして少し気を取り直した彼女は、いつも抱えている何冊もの本から一冊を開いた。『窓辺から』か『庭先で』か、そんなような題名で、著者はベントンかヘントンか、そんなような名前の男性だった。ポルは最初の数ページを読み上げた。私たちは黙って聞いた。

「でもそれって、本じゃないよ」と誰かが言った。

そこでポルはもう一冊を選んだ。今度は歴史の本だったけれど、著者名は忘れてしまった。ポルが読み上げるにつれて私たちの動揺は増した。その本に書いてある言葉は一言たりとも真実とは思えなかったし、文体も最悪だったのだ。

「詩はどうなのよ！　詩は！」私たちは堪りかねて叫んだ。「詩を読んでよ！」ポルは小さな詩集を開いて一篇を読んだ。でもそのときの私たちの絶望ときたら、とても言葉では言い表せないようなものだった。だらだらと長い、センチメンタルな駄作だった。

「誰か女の人が書いたに決まってる」誰かがそう言った。でも違った。ポルが言うには、作者は若い男性、当代いちばんの有名詩人。そう知ったときの衝撃がどれほどのものだったか、ご想像は読者のみなさんにお任せしたい。私たちは大声でポルにもうこれ以上は読まないでと頼んだけれど、ポルは耳を貸そうともせず、大法官[*3]の伝記から何箇所かを読み上げた。ポルが読み終えると、最年長でいちばん賢いジェインが立ち上がり、私としては納得がいかないと言った。

「だって、男たちがこんな駄作ばかり書いているとしたら、お母さんたち、彼らを産んで青春をすっかり無駄にしなくてもよかったんじゃない?」彼女は言った。

みんなは黙りこんでしまった。そうやって静まり返っているなかで、かわいそうなポルが咽《むせ》びながら言うのが聞こえた。「何で、何で、お父さんは私に読むことなんか教えたのかな?」

最初に落ち着きを取り戻したのはクロリンダだった。「全部、私たちのせいよ」彼女は言った。「どうやって読めばいいのかは、私たちみんなが知ってる。でもポル以外、実際には読もうとしてこなかった。私のことを言うとね、若いうちは子育てをするのが女の務めだと思いこんでた。私のお母さんは十人育てたから偉いと思ってた。私のお祖母さんは十五人を育てたからもっと偉いと思ってた。じつを言うと二〇人産むのが私の野望だった。私たちはずっとこう思ってた——男たちも同じくらい勤勉なんだろう、その業績も同じくらい立派なんだろうって。私たちは思ってた——女が子を生んで男は本や絵を生む、女が世界を人でいっぱいにして、男は世界を文明で満たす。でも、私たちはもういろいろ読めるんだから、自由に結果を見定めていいはず。次の子を世に送り出す前に、世界はどんなふうなのかを見極めましょう」

そこで私たちは、質問協会を作ることにした。一人は軍艦を訪ねてみよう。別の一人は学者の研究室に潜入することにしよう。もう一人はビジネスマンたちの会議に出席する。そして全員が本を読み、絵を鑑賞し、音楽会に行き、路上で目を光らせて、休むことなく質問をする。私たちはとても若かった。その夜、解散する前に、人生の目的とはよい人間とよい本を生み出すことであるという合意に達した——そう申し上げれば、私たちがどれだけ単純だったか、読者の方々にもおわかりいただけるだろう。私たちの質問は、これらの目標が男たちによって現在どのくらい達成されているのかを見極めるためのものだった。納得できるまでは人っ子一人産むまい——私たちは厳《おごそ》かに誓いを立てた。

それから私たちは赴《おもむ》いた。ある人は大英博物館へ、別の人はイギリス海軍へ。ある人はオックスフォードへ、別の人はケンブリッジへ。私たちはロイヤル・アカデミーを、テート・ギャラリーを訪れ、演奏会でいまどきの音楽を聴き、裁判所に行き、新しい芝居を鑑賞した。[*4]男の人と二人きりでディナーに行くときには、かならず相手に質問をして回答を詳しく書き留めた。時折私たちは合流して、観察を述べ合った。ああ、そうやって会うのは楽しかった！ ローズが「名誉」についてメモを読み上げながら、どうやって自分がエチオピアの王子に扮してイギリス軍艦に乗船したかを教えてくれたときなんて、私は人生で初めてというくらい大笑いしたものだ。[*5]何でも艦長はそれが悪戯《いたずら》だったと知ると、彼女のもとを訪れ（そのとき彼女は一介の紳士というでたちだった）、名誉というものは回復されねばなりませんと主張したのだった。

「でもどうやるんだい？」と彼女は尋ねた。

「どうやる、ですって？」艦長は吠えた。「もちろん鞭を使わせていただきます！」

艦長が憤怒のあまり我を忘れているので、彼女はとうとう最期のときが来たと覚悟しながら身をかがめたが、驚いたことに背中を六回、軽く叩かれただけだった。「イギリス海軍の名誉は回復されました！」艦長は叫んで立ち上がり、玉の汗を顔から滴らせた。艦長は震える右手を差し出した。

「握手なんかしないぞ！」彼女は一声叫んで身構え、艦長と同じくらい激烈な表情を浮かべてみせた。「ぼくの名誉はまだ回復されていない！」

「まさに紳士にふさわしいご発言」と艦長は答え、じっと考えこんだ。「イギリス海軍の名誉回復が六回だったとすると、一般の紳士のお方の名誉回復には何回がいいのでしょう？」彼は悩んだ。同僚の者たちと相談させてくださいと、彼は言った。そんなには待てないなと、彼女はにべもなくはねつけた。感性豊かでいらっしゃると、艦長は感服。「ちょっと待ってください」艦長はだしぬけに大声で言った。「お父さまは馬車をお持ちでしたか？」

「いや」と彼女。

「乗用馬はお持ちでしたか？」

「ロバならいたよ」と、彼女は思い出しながら言った。「芝刈り機を牽《ひ》かせていたよ」これを聞いて艦長の表情は明るくなった。「ぼくの母の名は――」彼女が言いかけた。

「いいえ、お母さまのお名前はどうかおっしゃらないでください！」艦長は悲鳴を上げ、ヤマナラシの木の葉のように小刻みに震えて髪の毛の根元まで赤くなり、先を続けなよと彼女が声をかけられる程度にまで落ち着くのに、ものの十分を要した。[*6] そしてようやく艦長は決めた。わたくしの腰のあたり、ここだと申し上げるところを四回半叩かれましたら（あなたさまの曾《ひい》お祖母さまの叔父さまがトラファルガーの海戦で戦死されたという事実に鑑み、〇・五回分引かせていただきました）[*7]、私見ではあなたさまの名誉は完全に回復されます。これが執り行われ、二人はレストランへと向かってワインを二本空にして――こちらはわたくしの奢りですと艦長は言ってきかなかった――、永遠の友情を誓い合って別れたのだった。

それから私たちは、裁判所に行ったというファニーの話を聞いた。初めて法廷を訪れたとき、裁判官は木製か、あるいは人間のオスによく似た大きい動物――それもひどく仰々しい動作と、くぐもった話し方と、頷《うなず》き方を仕込まれた動物――によって演じられているかのどちらかだという結論に達したそうだ。その仮説を検証すべく、裁判の山場に差し掛かったまさにそのとき、彼女はハンカチに包んでおいたアオバエを何匹か放ってみた。ところが裁判官たちが人間らしい徴《しるし》を見せるかどうかは判定できなかった。というのもハエのブンブンいう音のせいで彼女は眠りこんでしまい、ようやく目覚めたときには、囚人たちは階下の独房に連れて行かれるところだったのだ。でも彼女が持ち帰ってきた証拠だけでは、裁判官が人間のオスだと決めこむのは不公平だ、ということになった。

ヘレンはロイヤル・アカデミーに行ったのだが、観てきた絵について報告してよと言われると、彼女は水色の本を開いて読み上げ始めた。「〈ああ！　もういまはないあの手の温もりよ、あの静かな声音よ〉〈狩人の帰還、丘からの帰還〉〈男は手綱を一振り〉〈愛は甘く、愛は儚《はかな》い〉〈春、うららかな春は一年の喜ばしい王〉〈ああ！　四月のイングランドにいたなら！〉〈男は働き、女は泣くのが定め〉〈義務の道は、栄光への道だった〉――[*8]」ダラダラこうして続いていくのに、私たちは我慢できなくなった。

「詩はもうたくさん！」私たちは叫んだ。

「〈イングランドの娘たちよ〉[*9]！」彼女はまた始めたけれど、ここで私たちは彼女を押さえつけ、揉み合いの挙句、花瓶の水を彼女の上にぶちまけた。

「ああもう！」彼女は叫び、犬がやるみたいに体をブルブルッと震わせた。「絨毯の上を転がって、体に纏《まと》わりついてるイギリス国旗を全部剥《は》がせるか、やってみる。そしたらたぶん

——」ここで彼女は盛大に転げまわった。立ち上がったヘレンはいまどきの絵画がどんなものかを説明しはじめたけれど、カスタリアが遮った。

「絵の大きさは平均してどのくらいなの？」カスタリアは尋ねた。

「たぶん縦が二フィートに、横が二・五フィートね」ヘレンは言った。

ヘレンが話しているあいだ、カスタリアはメモを取った。話が終わり、みんながお互い目を合わせないようにしていると、カスタリアが立ち上がって言った。「みんなの希望通り、私は掃除婦に変装して、先週一週間をオックスブリッジ[*10]で過ごしたの。そうやって何人かの大学教授の部屋に入ったから、どんなだったかみんなに報告するね——ただね」彼女は言い淀んだ。

「どうやったら説明できるのかわからない。本当にとても変だった。この教授の方々はね」彼女は続けた。「芝地をぐるりと取り囲んで建てられた大きな家々に住んでいるの。一軒に一人ずつ、まるで独房に入れられてるみたいに。でもすべては便利で快適。ボタンを押したり小さなランプをつけたりするだけでいい。書類は綺麗にファイルしてある。本は数限りなくある。子どもも動物もいない——迷い猫が六匹、年寄りブルフィンチが一羽、そして雄鶏が一羽の他にはね。それで思い出した」彼女は脇道に逸れた。「ダルイッチ〔ロンドン郊外の街〕で暮らしていた私の叔母は、サボテンを育ててた。大きな客間を抜けて温室に行くと、熱いパイプの上にいっぱいサボテンが並んでた——醜い、ひしゃげたトゲトゲの小さなサボテンが、一本ずつ別の鉢に植えてあった。百年に一回だけアロエの花〔竜舌蘭の誤りか?〕は咲くのよって、叔母は言っていた。でも咲く前に叔母は死んじゃった——」

　要点だけを話してちょうだいと、私たちはカスタリアに注文をつけた。「わかった」と、彼女は本筋に戻った。「ホプキン教授が出かけていたとき、私は教授のライフワーク、サッフォー[*11]の詩集を調べてみたの。変な本で、六インチか七インチの分厚さなのに、その全部にサッフォーの詩が印刷してあるわけじゃない。ああ、全然そうじゃない。大方はサッフォーは純潔だったって述べ立ててるの。何でもドイツの誰かがサッフォーは純潔じゃなかったって言ったみたいで。それにびっくりだった——この二人の紳士は、情熱を傾けて学識を披露しながら途方もない創意工夫の才能を発揮して、どうしてもヘアピンにしか見えない道具の使用法について盛んに言い争ってるの。とくにドアが開いてホプキン教授その人が現れたときがびっくりだった。とっても上品で温和な老紳士で、あの人、純潔ってものについて何か知ってるのかな?」

彼女の言い方に、私たちはそのニュアンスをつかみかねた。

「違う、違う」彼女は否定した。「たしかにあの教授先生は名誉ある立派な人——ローズの艦長とはちっとも似ていないけど。だけど叔母のサボテンのことを考えちゃうの。サボテンは純潔ってものについて何か知ってるのかな？」

もう一度、本筋から逸《そ》れないでちょうだいと、私たちは彼女に釘を刺した。オックスブリッジの教授たちは人生の目的、つまりよい人間とよい本を生み出す役に立ってるの？

「あ！」彼女は叫んだ。「質問してくるのをすっかり忘れちゃった。あの人たちに何かが生み出せるなんて、とても思えなかったから」

「あのね」とスー。「あなたは何か勘違いしたんじゃないかな。たぶん、ホブキン教授は婦人科の医者だったのよ。学者っていうのはまったく違う種類の男の人。学者っていうのはユーモアと才覚が滔々《とうとう》と溢れるような人――たぶんワインを飲みすぎてるかもしれないけど、だとしてもかまわない、ワインは当然ながら愉快で寛容、鋭敏で想像力豊かなお供なんだから。だって学者っていうのはね、これまで存在してきた最良の人間たちといっしょに人生を歩んでるのよ」

「そうね」とカスタリア。「たぶん戻ってもう一度やってみる」

約三ヶ月後、私が一人で座っているとカスタリアが入ってきた。彼女の表情の何にそれほど揺さぶられたのかはわからないけれど、私は自分を抑えられず、部屋をさっと駆け抜けると彼女を両腕で抱きしめた。とても綺麗で、じつに意気揚々としていたのだ。「何て幸せそうなの」

腰を下ろす彼女に私は叫んだ。

「オックスブリッジにいたのよ」彼女は言った。

「質問をしていたの？」

「質問に答えていたのよ」と、彼女は返した。

「誓いを破ってはいないのよね？」私は心配になって尋ねながら、彼女の体つきがどこか変わっているのに気づいた。

「ああ、誓いのこと」彼女はこともなげに言った。「知りたいなら言うけど、私、赤ちゃんを産むの。あなたにはきっと想像できないのよね」堰《せき》を切ったように彼女は言った。「どんなにわくわくするか、うっとり満たされるか――」

「何がよ？」私は尋ねた。

「つまり――つまり――質問に答えるってことがよ」彼女はいくらかまごつきながら答えた。そして、これまでの出来事をみんな聞かせてくれた。でも、私がこれまで聞いたなかでもいちばん面白くて興奮する話の真っ最中に、彼女は世にも奇妙な叫び声をあげた――ギャッ！ともワッ！ともつかない叫び声を。

「純潔！　純潔！　私の純潔はどこ！」彼女は叫んだ。「ああ助けてちょうだい！　気つけ薬はどこなのかしら！」[*12]

部屋には辛子の入った小瓶があるだけだった。私がその小瓶でどうにかしようとしたそのとき、彼女はようやく平静を取り戻した。

「それは三ヶ月前に考えるべきことだったんじゃないの」私は厳しく言った。

「本当ね」彼女は答えた。「いまさら考えてもしょうがない。でも、お母さん、私をカスタリアなんて名前にしなきゃよかったのにね[*13]」

「ああカスタリア、あなたのお母さまはいったい――」私がそう言いかけたので、彼女は辛子の小瓶に手を伸ばした。

「いいえ、やめましょう」彼女はそう言って首を振った。「もしあなたが純潔な女だったら、私を見てすぐに悲鳴を上げたはず。でもあなたは部屋の向こうから走ってきて私を抱きしめた。駄目よ、カッサンドラ。私たち、どっちも純潔なんかじゃない」そして私たちは話を続けた。

そのあいだに、部屋は満員になりつつあった――その日は観察結果を話し合うことになっていたのだ。カスタリアのことを、みんなも私と同じように感じているらしかった。みんなが彼女にキスして、また会えてうれしいと言った。やがて全員が集まり、ジェインが立ち上がって始めましょうと言った。ジェインは最初にこう言った。この五年間、私たちは質問を重ねてきた、結論らしい結論はまだ出なくても仕方がないけど――。ここでカスタリアは私をつついて、それはどうかなと囁《ささや》いた。それから彼女は立ち上がり、ジェインの話を遮って言った。

「話の途中だけど、私は知りたい――私、この部屋にいてもいいかな？」カスタリアは言葉を継いだ。「だって告白しないといけないの。私、純潔とは言えない女になりました」

みんなはあっけにとられて彼女を見た。

「お腹に赤ちゃんがいるのね？」ジェインが尋ねた。

彼女は頷いた。

みんなの顔にいろいろな表情が浮かび、それはめったに見られない光景だった。ザワザワと囁きが部屋に満ち、「純潔とは言えない」「赤ちゃん」「カスタリア」などの言葉が聞き取れた。

ジェインは――彼女もかなり動揺していたけれど――私たちに尋ねた。

「出て行ってもらわないといけない？　カスタリアは純潔とは言えないかな？」

街路でよく耳にするような大音響が部屋に満ちた。

「違う！　違う！　違う！　ここにいていい！　純潔とは言えない？　却下！」でも私には、いちばん年下の十九歳や二〇歳の人たちは、恥ずかしくて本音を言い出せずにいるように思えた。それからみんなはカスタリアのまわりに集まって、いろいろ質問を始めた。そして最後に、それまでうしろのほうにいた最年少の一人が、恥ずかしそうに近づいてきて彼女に話しかけた。

「では純潔って何なの？　つまり、いいもの？　悪いもの？　それとも何でもないもの？」カスタリアはとても低い声で答えたので、何と言ったのか、私には聞き取れなかった。

「ねえ、私はびっくりしたのよ」最年少のもう一人が言った。「ほんの十分くらいのあいだだったけど」

「私に言わせれば」ロンドン図書館でいつも読書をしているせいで無愛想になってきたポルが言った。「純潔とは無知以外の何物でもなく、まったくもって恥ずべき心理状態に他ならない。私たちの会にも、純潔じゃない人しか入会を認めるべきじゃない。会長はカスタリアでどうかな」

　これには激しい反論が沸き起こった。

「この女の人は純潔、この女の人は純潔じゃないなんて、決めつけるのは不公平かしらね」とポル。「機会がないだけの人もいるしね。それにカスタリアだって、たんに知識を得たくて行動に出たわけじゃないだろうし」

「彼はまだ二十一歳で、素晴らしく美しいの」大げさな身振りを交えながらカスタリアが言った。

「提案する」とヘレン。「純潔とか純潔じゃないとかは、恋している人だけしか話しちゃいけない」

「そんな無茶な」と、科学の諸問題を調査していたジュディス。「私、恋はしてはいないけど、法令で売春女性を不要にして、乙女の妊娠を可能にする方法について説明したい」

ジュディスの説明では、地下鉄の駅や公共リゾート地に施設を作ればいい、とのことだった。そこでは少しお金を払えば、国家の衛生が保たれ、息子たちが宿泊でき、娘たちが悩みから解放される。それから彼女は、密閉した試験管に未来の大法官だとかの精子を入れて保管しておく方法を提案した。[*14]「あるいは詩人だとか画家だとか音楽家のもね。ただしそういう種類の人たちが滅亡してなかったら、そして女性がまだ子どもを産みたかったらの話だけど――」

「もちろん、私たちは産みたいのよ！」カスタリアがじれったそうに叫んだ。ジェインはテーブルをコツコツと叩いた。

「それを考えるために集まったのよ」彼女は言った。「五年間、人類の存続がいいことかどうかを見極めようとしてきた。カスタリアは私たちより先に結論を出した。でも他のみんなはまだ決めていない」

ここで、調査してきた人たちが代わる代わる立ち上がって報告をした。文明の驚異は予想をはるかに超えていた。これまで知らなかった数々のこと――男の人が空を飛び、空間を越えて会話をし、原子核に分け入り、宇宙全体を射程に入れて思索を行っているということ――を知り、私たちの唇からは称賛のつぶやきが漏れた。

「誇らしい」私たちは叫んだ。「こういう大目的のために、お母さんたちは青春を捧げたのね！」じっと傾聴していたカスタリアは、誰よりも誇らしげだった。それからジェインが私たちにはまだ学ぶべきことがたくさんあると言ったので、カスタリアは早くしてよとせっついた。私たちは膨大な統計を紐解いて学んだ――イングランドには××百万の人々がいて、つねに飢えているのは××パーセント、刑務所で服役中なのは××パーセント、労働者階級の家庭は平均××人、出産時に合併症で亡くなるのは××パーセント。工場へ、小売店へ、スラムへ、港へと赴いた報告が読み上げられた。株式取引所がどんなところか、シティの巨大社屋、政府官庁がどんなところかの解説がなされた。イギリスの植民地が議論になり、インド、アフリカ、アイルランドでの我らが統治について報告がなされた。カスタリアの横に座っていた私は、彼女がそわそわしているのに気づいた。

「こんな調子だと、いつまでたっても結論にたどりつけない」彼女は言った。「文明って最初に思っていたよりずっと複雑そうだから、最初の質問に戻ったほうがいいんじゃない？　私たちが合意したのは、よい人間とよい本を生み出すのが人生の目的ということだった。それなのに飛行機とか工場とかお金とかの話ばかり。男の人たち、そして彼らの技能について話しましょうよ、それが核心なんだから」

　そこで男性と二人で食事をしてきた組が、質問への回答の書かれた細長い紙を手に進み出た。それらの質問は、かなりの熟考のすえ投げかけられたものだった。よい人間とは何はともあれ正直で情熱に満ち、そして俗世間から超越している――という合意はできていたけれど、個別の男性がこうした性質を持っているかどうかは、質問を、しかもしばしば遠回しな質問を重ねることでしか浮かび上がってこなかったのだ。ケンジントン〔ロンドンの高級住宅街〕の住み心地はどうですか？　息子さんの学校はどちらですか？　お嬢さんは？　ところで葉巻にどのくらいお金をかけていらっしゃるか教えてくださいますか？　ええっと、ジョゼフ卿は男爵ですか、それとも一代かぎりの勲爵士？　こうした取るに足りない質問のほうが、より直接的な質問よりも明らかになる事柄が多いということもよくあった。「私が爵位をいただくことにしたのはですね」と、バンカム卿は言った。「妻がそう望んだからなんですよ」どのくらい多くの爵位がこの同じ理由で受けられたものか、覚えていられないくらいだった。「ぼくみたいに、一日二十四時間のうち十五時間も働いているとだね」専門職の男性一万人が、そう言って口火を切るのだった。

「ああ、それではもちろん読んだり書いたりできませんね。でもどうしてそんなに頑張って働いていらっしゃるんですか？」

「それはあなた、子どもの数も増えるからね――」

「でもどうして増えるんですか？」

奥さまがそうお望みなのかもしれないし、あるいは大英帝国がお望みなのかもしれなかった。でも回答だけでなく、回答の拒絶も意味深長だった。道徳と宗教について質問をしようにも、回答する男性はわずか、回答したとしても中身は真剣味に欠けていた。お金と権力についての質問は、ほとんどいつも決まって脇に退《の》けられるか、質問する側に重篤《じゅうとく》なリスクが伴うことになった。「私には確信がある」とジル。「ハリー・タイトブーツ卿に資本主義システムについて質問してみたけど、もしも卿が羊肉を切り分けているときでなかったら[*15]、卿は私の喉を掻き切っていただろうと思う。私たちが九死に一生を得たのは、男性たちがとても空腹だったのと、そして同時にとても慇懃《いんぎん》だったから。私たちを軽蔑しきっているから、私たちが何を言おうと気に留めないのよ」

「もちろん彼らは私たちを軽蔑している」と、エレノア。「でも、このことはどう考えるかな

――私は芸術家について調べたの。ねえ、女が芸術家になったことはない。ポル、そうじゃない？」

「ジェイン――オースティン――シャーロット――ブロンテ――ジョージ――エリオット[*16]」ポルはまるで裏通りを歩くマフィン売りみたいに呼ばわった。

「女なんて！」誰かが野次った。「女なんて、退屈きわまりないしな！」

「サッフォー以降、一流の女性は登場していない――」エレノアは週刊誌を読み上げた。[*17]

「サッフォーがホブキン教授の下衆《げす》な捏造《ねつぞう》っていうのは、すっかり有名になったお話でしょ」と、ルース。

「ともかく、書ける女がこれまでに存在したとかこれから出てくるだろうとか、言えるだけの根拠は何もないのよ」エレノアは続けた。「でもね、作家のところに行っても、みんなご自分の本のことしか話さない。傑作ですね！とか、まさにシェイクスピア！（だって何か言わないといけないでしょ）って言うと、みんな私を信じるの」

「それじゃあ、何もわからないじゃない」と、ジェイン。「作家ってみんなそんなものでしょ」

彼女は溜息をついた。「あまり私たちの役には立たないみたい。たぶん次にいまどきの文学について検討するといいんじゃないかな。エリザベス、あなたの番よ」

エリザベスは立ち上がって、調査のために私は男装して、書評家として過ごしてみた――と言った。

「この五年間、私は新刊書をかなり万遍なく読んでみた」と彼女。「ウェルズ氏が、存命中の作家のなかではいちばん人気ね。次がアーノルド・ベネット氏で、次がコンプトン・マッケンジー氏。マッケナ氏とウォルポール氏は一括りにしていい[*18]」それだけ言って、彼女は座った。

「でも、まだ何も話してないじゃない！」私たちは彼女を諭した。「それとも、いま挙げた男の人たちが、ジェインからエリオットまでを完全に超えているって言いたいの？　そしてイギリスの小説は――あなたの書評はどこ？　ああそう、「彼らの手に安心して委ねていい」ってことなのね」

「安心、じつに安心」彼女はそう言いながらも、そわそわと足を組み替えた。「それに、きっと受け継いだ以上のものを残してくれる」

私たちもそれはそうだろうと思った。「でも」私たちは踏みこんだ。「よい本を書いているの？」

「よい本？」彼女は言って、天井を仰いだ。「覚えておいてちょうだい」と、彼女はひどく早口でまくしたてた。「小説とは人生の鏡なの。それに教育が最高に大事っていうのも否定できない。ブライトン〔イギリス南岸の街〕でたった一人、夜もとっぷり更けて、どの宿に泊まるのがいいのかもわからない、それも雨降りの日曜の夜ともなれば――映画館に行くほうが素敵じゃない？」

「でもそれって何の関係があるの？」と私たち。

「何も――何も――何もないけど」というのが彼女の返答。

「ねえ、本当のことを言ってよ」と私たち。

「本当のこと？　でも素晴らしいと思わない？」彼女は話を逸らした。「チッター氏はこの三〇年、愛とか熱々のバタートーストとかについて毎週原稿を書いて、坊ちゃんたちを全員イートン[*19]に行かせたのよ――」

「本当のことを！」私たちは要求した。

「ああ、本当のことね」彼女は口籠った。「本当のことというのは文学と何の関係もありません」そして座って、もう一言たりとも答えようとしなかった。

それじゃあとても結論とは言えないなと、私たちは思った。

「みなさん、結果をまとめましょう」ジェインが言いかけたそのとき、開けた窓の向こうから、しばらく前から聞こえていた喧騒が大きくなって彼女の声をかき消した。

「戦争だ！　戦争！　戦争！　宣戦布告だ！」下の通りで男たちが叫んでいた〔第一次世界大戦のこと、一九一四〜一九一八年〕。

恐怖におののいて、私たちは顔を見合わせた。

「何の戦争？」私たちは大声を上げた。「何の戦争？」遅まきながら、下院[20]には誰も見学にやらなかったことに、私たちは気がついた。すっかり忘れていたのだ。私たちはポルのほうに向き直った。ロンドン図書館の歴史の棚にたどり着いていた彼女に向かい、教えてほしいと頼んだ。

「どうして男たちは戦争に行くの？」私たちは叫んだ。

「ときにはこの理由、ときには別の理由で行くの」ポルは穏やかに答えた。「たとえば一七六〇年には――」外の騒ぎが彼女の言葉を呑みこんでしまった。「それから一七九七年には――一八〇四年には――。一八六六年にはオーストリア人が、一八七〇年にはフランスとプロシアの関係が――。一方で一九〇〇年には――」[21]

「でもいまは一九一四年なのよ！」私たちは彼女を遮った。

「ああ、いま何のために戦争に行こうとしているのかは、私にはわからない」ポルはそう白状したのだった。

＊

戦争が終わって講和条約が結ばれる頃、かつて会合をしていた部屋に、私はもう一度カスタリアと二人でいた。私たちは昔の議事録を何となくめくった。「変なものね」私は感慨にふけった。「五年前に考えていたことをこうやって眺めるなんて」

「私たちは合意したんだった」私の肩越しに、カスタリアは議事録を読み上げた。「人生の目的とはよい人間とよい本を生み出すことである」そのことについては、私たちは感想を控えた。

「よい人間とは何はともあれ正直で情熱に満ち、そして俗世間から超越している」

「いかにも女が言いそうなことね！」私は言った。

「ああもう」カスタリアは議事録を押しやって叫んだ。「私たち、馬鹿だった！　全部ポルのお父さんのせいよ」彼女は続けた。「わざとだったのよ——馬鹿げた遺言を残して、ロンドン図書館の本を全部読ませて。もしも読むことを学んでいなかったら」彼女は苦々しげに言った。「何も知らないで子育てをしていたでしょうし、やっぱりそれは最高に幸せな生活だったと思う。あなたが戦争のことで何を言いたいかはわかる」彼女は私を制した。「育て上げた子を殺されるのは恐ろしい。でも母たちの世代も、その母たちの世代も、そのまた母たちの世代もそうしてきたのよ。そして文句一つ言わなかった。読めなかったからね。私、頑張ってるのよ」彼女は溜息をついた。「娘には字を読ませないようにしているの。でも無駄ね。昨日、アンは新聞を握って「これ、ほんと?」って私に訊いたの。次はロイド・ジョージ[*22]首相はよい人?って訊くでしょうし、その次はアーノルド・ベネット氏はよい小説家?とか、しまいにはお母さんは神さまを信じているの?なんて訊くでしょう。何も信じない娘を育てるなんて、私にはできない」彼女は訴えた。

「男は知性において根本的に女より優れていて、これからもずっとそれは続いていく――って、そう教えたらどうなのよ?」と、私は言ってみた。[*23]

この発言に彼女は表情を緩ませ、昔の議事録をもう一度めくった。「そうね」彼女は言った。「彼らの発見、彼らの数学、彼らの科学、彼らの哲学、彼らの学問について考えるとね――」そこで彼女は笑い出して「老ホブキン教授とヘアピンのこと、私は絶対忘れられない」そう彼女は言い、そうやって読んだり笑ったりしていたので、私はてっきり彼女が楽しんでいると思ったけれど、そのとき唐突に彼女は議事録を押しやって叫んだ。「ああ、カッサンドラ、どうしてあなたは私を苛《いじ》めるの? 男の知性を信じるのが最大の誤りだってこと、わからないの？」

「何ですって？」私は大声を上げた。「だったらジャーナリストとか、学校の先生とか、政治家とか、イギリス中のパブの主人とかに訊いてみなさいよ。みんながみんな、男のほうが女よりはるかに賢いって教えてくれるでしょ」

「まるで私が違うって疑ってるみたいな言い方ね」彼女は嘲るように言った。「だって賢くなる以外ないじゃないの。太古の昔から女たちが彼らを育て、食べさせ、そして甘やかしてきたんだから、賢くならないわけないのよ――他に取りえが全然ないとしてもね。全部私たちの自業自得なのよ！」彼女は叫んだ。「私たちは知性を得たいと主張し、そして手に入れた。そしてその知性こそが」彼女は続けた。「最低なのよ。知性を身につける前の男の子がどんなに魅力的かわかる？　見た目も美しい。威張らないし、芸術や文学の意味を本能的に理解しているし、自分の人生を楽しんでいるし、他の人にも人生を楽しんでもらおうとする。それなのに、人々はその子に知性を身につけなさいと教える。男の子は弁護士とか公務員とか将軍とか作家とか教授になる。毎日、会社に行く。毎年、本を出す。自分の頭脳を使って生み出したもので家族を養っていかないといけない――可哀想にね！　やがて彼が部屋に入ってくると、みんなが窮屈な思いをするようになる。彼は会う女すべてに慇懃に振舞い、妻にだって本音を言わない。そんな彼をもう一度私たちが抱きしめることがあるとしても、もう彼の姿が私たちの目を楽しませることはなく、私たちは目を瞑《つぶ》っていないといけない。ご本人はいろんな形の星章とかいろんな色のリボンとかいろんなサイズの収入とかを、ご自分の慰めにできる。でも私たちにとっての慰めは？　十年後にラホール*24で週末を楽しむこと？　日本の小さな昆虫の標本——体長より二倍は長い名前の付された昆虫——を手に入れること？　ああカッサンドラ、何とかして男たちに出産してもらう方法を考えましょう。それ以外にチャンスはないのよ。だってそういう無垢の仕事を男たちにさせなかったら、よい人間もよい本も手に入らず、彼らの途方もない活動の成果のためにみんな絶滅して、シェイクスピアがかつて生きていたってことを知ってる人間だっていなくなる！」

「もう手遅れよ」私は答えた。「いまの子どもたちにだって、そんな手は打ってあげられない」

「それなのに私に知性を信じなさいって言うの」彼女は言った。

私たちが話しているあいだも、外では男たちがくたびれたような嗄《しわが》れ声で何事かを叫んでいた。耳を澄ますと、講和条約*25が結ばれたとのことだった。声は小さくなっていった。雨が降っていたので、お祝いの花火を華々しく打ち上げるわけにもいかないようだった。

「料理番が新聞の号外を持ち帰るから」カスタリアが言った。「紅茶をいただきながら、アンが号外を読んでみようとするんじゃないかな。うちに帰らないと」

「どうしようもないのよ――本当、どうしようもないのよ」私は言った。「アンがいろいろ読み始めるようになったら、アンに信じていいって教えてあげられるものは一つしかない。つまりね、自分を信じなさいって教えるしかないのよ」

「そうね、それは変化と言えるかも」カスタリアは溜息をついた。

そこで私たちは協会の書類を掻き集め、お人形で幸せいっぱいに遊んでいたアンにその書類を厳かに献呈し、あなたは質問協会における未来の会長に選ばれましたと告げた――するとアンは可哀想に、わっと泣き出してしまったのだった。

注

＊1　一八四一年に設立された図書館。同じくロンドンにある有名な大英図書館は館内閲覧のみだが、ロンドン図書館は会員登録した人に本を貸し出すしくみ。

＊2　いずれもイギリス文学に名を残す、著名な男性作家たち。ウィリアム・シェイクスピア（一五六四～一六一六）は『ロミオとジュリエット』など数々の戯曲を書いた劇作家、詩人。ジョン・ミルトン（一六〇八～七四）は長詩『楽園喪失』で知られる詩人。パーシー・ビッシュ・シェリー（一七九二～一八二二）はロマン派の代表的詩人。ただし二一世紀現在は、『フランケンシュタイン』を書いた妻のメアリ・シェリーのほうが一般には知られているかもしれない。

＊3　イギリス政府の要職で、二〇〇五年の制度改革以前は、上院の議長であり閣僚であり最高裁判所の長官を兼ねていた。

＊4　オックスフォードとケンブリッジはイギリスの街で、それぞれ中世に始まる伝統的な二大学がある。ロイヤル・アカデミー・オブ・アーツは一七六八年に設立されたイギリスを代表する芸術家団体で、美術学校や美術館を運営し、毎年夏には美術展を開催している。テート・ギャラリーは一八九七年に開館した美術館で、イギリス美術のコレクションがある。

＊5　一九一〇年二月七日、ヴァージニア・スティーヴン（スティーヴンはヴァージニア・ウルフの旧姓）は、弟エイドリアンとその友人たちに誘われ、総勢六人で、エチオピア皇帝とその随行者のふりをしてイギリス海軍の軍艦ドレッドノート号を視察するといういたずらに加わった。群衆や海軍士官らに囲まれながらも六人は正体を見破られることなく「視察」を終えたが、一人が新聞に漏らしたのをきっかけに「ドレッドノート号いたずら事件」としてスキャンダルになった。詳しくはベル 1976: 248-54, 361-66/Lee1996: 282-87 を参照。この作品では鞭打ちも含め、そのときのエピソードが脚色され使われている。

＊6　鞭打ち回数の判断材料にするために相手の階級を当てようと遠回しな質問を重ねながらも、女性の名を訊き出すのはあまりに憚られることだと艦長は考えているのかもしれない。あるいは「ドレッドノート号いたずら事件」の際に、ヴァージニアの母方の従兄にあたる海軍大将が、自分は血縁なので従弟にあたるエイドリアンに体罰は加えられない決まりに海軍ではなっていると、実際に言ったことにもとづくインサイダー・ジョークか。ベル 1976: 364 を参照。

＊7　一八〇五年、スペイン沖で、イギリス海軍がフラン

スのナポレオン軍を撃ち破った海戦のこと。なぜ「曾《ひい》お祖母さまの叔父さま」がこの戦争で戦死したという事実があると鞭打ちの回数が減るのかは不明だが（そもそも〇・五回という鞭打ちをどう実行するのかも不明である）、艦長は、あなたも海軍にご縁があるのだから少しだけ緩やかな報復にしてほしいというつもりだったのかもしれない。

＊8　ヘレンの台詞はイギリス男性詩人の書いた有名な詩句の継ぎ合せでできている。出典は次のとおり。

〈ああ！　もういまは……〉アルフレッド・テニスン（一八〇九～九二）「砕けよ、砕けよ、砕けよ」より。

〈狩人の……〉Ｒ・Ｌ・スティーヴンスン（一八五〇～九四）「鎮魂歌」からのやや不正確な引用。

〈男は手綱を……〉はロバート・バーンズ（一七五九～九六）の「すべては正当なる王のため」より。

〈愛は甘く……〉はＡ・Ｃ・スウィンバーン（一八三七～一九〇九）「プロゼルピーヌ賛歌」のパロディか。

〈春……〉はトマス・ナッシュ（一五六七～一六〇一頃）「春」の第一行。

〈ああ！　四月の……〉はロバート・ブラウニング（一八一二～八九）「異国で故郷を想う」の冒頭二行。

〈男は……〉はチャールズ・キングスリ（一八一九～七五）「三人の漁師」より。

〈義務の道は……〉はアルフレッド・テニスン「ウェリントン公死去に際しての頌歌」より。

ヘレンはロイヤル・アカデミーで観てきた絵画のために、コントロール不能なくらい愛国心を鼓舞されているらしい。一九一九年、ウルフは第一五〇回ロイヤル・アカデミー芸術展の感想を、『アサニウム』誌一九一九年八月二二日号に発表している。戦後初めての開催となったその芸術展は、家庭生活や戦争の悲惨を伝統的な手法どおりに描き出した大作が多く（たとえばジョン・シンガー・サージェントの『毒ガスを浴びて』など）、ウルフはそれらの絵画をあまりにナイーヴだと感じて辟易したようである（Woolf 1988: 89-95）。

＊9　サラ・エリス『イングランドの娘たち――その社会的地位、性質、責任』（一八四二）のタイトルから。同書は若い女性たちに向けた教訓書で、妻として母として、女はよい影響力をもたらさねばならないと説くもの。

＊10　オックスフォードとケンブリッジを組み合わせた言い方。両大学には長いあいだ男性教員しか在籍せず、男子学生しか受け入れてこなかったが、オックスフォードでは一八七九年、ケンブリッジでは一八六九年に、女子学生のためのカレッジが設立された。

＊11　紀元前七世紀から紀元前六世紀にかけて生きた、古代ギリシャの女性詩人。古代ギリシャ文学を代表する詩人の一人として尊敬を集めてきた一方で、その実像について

は諸説入り乱れており、十九〜二〇世紀初頭ヨーロッパでは、実際にサッフォーが純潔だったかどうか論陣を張る学者もいた。女性同性愛者を意味する「レズビアン」の呼称はサッフォーの住んでいたレスボス島に由来するが、サッフォー＝女の同性愛者というイメージが定着していくのはおよそ一九二〇年代以降である。Reynolds 2002を参照（第十二章ではウルフの本短編も取り上げられている）。

＊12　十九世紀のイギリス女性は性についての話題を避け、慎み深くふるまうことを期待されていた。また小瓶に香水を入れて持ち歩き、気絶しそうになると匂いを嗅いで気持ちを落ち着けるという習慣があった。時代は二〇世紀に入っているが、カスタリアは母世代の習慣を意識したふるまいをしている。

＊13　カスタリアはギリシャ神話に登場する、太陽神アポロの求愛を拒んで泉に身を投げた女の精霊の名前でもある。求愛を拒み「純潔」で通したことに対する発言。

＊14　精子バンクや人工授精のイメージ。この時代にすでにこういうイメージが流通していたことは、オルダス・ハクスリーの未来小説『すばらしき新世界』（一九三二）からもうかがえる。

＊15　イギリスでは、食卓で大きな肉を切り分けるのは家長である男性の役割だった。

＊16　『高慢と偏見』を書いたジェイン・オースティン（一七七五〜一八一七）、『ジェイン・エア』を書いたシャーロット・ブロンテ（一八一六〜五五）、『ミドルマーチ』を書いたジョージ・エリオット（一八一九〜八〇）など、優れた女性小説家がイギリスにも存在してきたではないか、彼女たちこそ立派な芸術家ではないかとポルは言いたい。

＊17　アーノルド・ベネット（一八六七〜一九三一）やデズモンド・マッカーシー（一八七七〜一九五二）の議論を踏まえている。「訳者解説」参照。

＊18　二十世紀初頭イギリスで人気作家となっていた男性たちである。H・G・ウェルズ（一八六六〜一九四六）、エドワード・コンプトン＝マッケンジー（一八八三〜一九七二）、スティーヴン・マッケナ（一八八八〜一九六七）、ヒュー・ウォルポール（一八八四〜一九四一）。ベネットは前注を参照。

＊19　名門パブリックスクール（私立の中高一貫男子校）の一つ。エリザベスは男性書評家として過ごしてきたせいで、書評は中身などどうでもよい、金もうけになればよいという悪しき「常識」に染まっている。

＊20　イギリスの国会は上院と下院の二院制で、下院は日本の衆議院に当たる。イギリスの女性が条件つきながら参政権を獲得するのは一九一九年なので、まだこの時代の国会議員は男性だけである。第一次世界大戦直前の一九一〇年代初頭、女性参政権運動はピークに達していたので、「す

っかり忘れていた」はずはないが、ウルフはあえてトボけた状況にしているらしい。
＊21　ポルはヨーロッパ近代史の知識を披露しようとしている。該当する戦争には、それぞれ七年戦争（一七五四〜六三）、フランス革命戦争（一七九二〜九九）、ロシア・ペルシャ戦争（一八〇四〜一三）、普墺戦争（一八六六）、普仏戦争（一八七〇〜七一）、黄金の床几戦争（一九〇〇）が考えられる。

＊22　イギリスの政治家で、第一次世界大戦中から戦後にかけて首相を務めた（在任一九一六〜二二）。
＊23　ベネットやマッカーシーの議論を踏まえている。「訳者解説」参照。
＊24　現パキスタン北部の街で、イギリス植民地時代の主要都市の一つ。
＊25　ヴェルサイユ条約のこと。一九一九年六月二八日に締結された。

訳者解説

　ここに訳出したのは、イギリスの女性作家ヴァージニア・ウルフ（一八八二～一九四一）の短編小説“A Society”全文である。この原文はウルフの短編小説集『月曜か火曜に』（一九二一）の一篇として発表されたきり、長らく読もうとしても入手できない状態が続いていたが、その後一九八五年になってSusan Dick編 *The Complete Shorter Fiction of Virginia Woolf* (San Diego: Harcourt Brace Jovanovitch, 1985) に収められた。ここではこの一九八五年版を底本とした。

　原題“A Society”に含まれるsocietyには、〈会、協会、連盟〉などの意味と〈社会〉の意味がある。まずは前者の意味で使われていると考えられるので日本語タイトルは「協会」としたが、原題には後者の意味も掛けてあるだろうという指摘もある（Dick 1987: 51-66）。なお、読みやすさを考慮して訳文には適宜改行を加えたこと、また原文に引用符などの特別な表示はない場合も、読みやすくなると訳者が判断した箇所は山カッコ〈 〉で括ったことも、お断りしておきたい。

ウルフが本作品を構想したのは、一九二〇年九月、アーノルド・ベネットの評論『われらの女たち――男女の不和をめぐる数章』が出版された際に、ジャーナリズムを介してその内容を伝え聞き、強く反発したことがきっかけだった。同評論には「男は女より優れているのか?」というタイトルの章があり、ベネットはそこで「知性において創造性において、男は女より優れている。創造的知性の領域では、男がたいていいつもやっていることでも女はやったことがなく、今後ともやれるようになるという徴候は、事実上まったくない」と断じたのだった(Bennett 1920: 112)。約百年前のあからさまな女性蔑視である。[※1]百年後の現在、どうしてこれほどまでの確信を持ってこれほどまでに大雑把な断言ができるのかまったく理解できないと、すべての読者がそう感じられる状況になっているといいのだが。

当時のウルフは三十八歳、長編小説としては『船出』(一九一五)と『夜と昼』(一九一九)の二作を発表した、まだまだこれからの作家だった。彼女は何か言わねばならないという衝動に駆られたようで、ベネットの評論が出版されてから三日後の九月二六日に、日記にこう記している――「新聞で報じられているベネット氏のひどい見解に反撃するために、女たちの話を拵《こしら》えている」(Woolf 1981: 69)。この「女たちの話」が、やがて本短編「ある協会」になったようだ。

しかしベネットの女性蔑視発言には同調者が現れ、ウルフは物語の執筆をいったん差し置いて論戦を挑むことになった。『ニュー・ステイツマン』誌の編集者デズモンド・マッカーシーが、同誌の書評欄においてベネットの発言に逐一賛同したうえで、「男と同程度には賢い女も数パーセントはいるが、全体として知性とは男の専売特許である。天賦の才を持った女も間違いなくいるが、しかしその才能はシェイクスピア、ニュートン、ミケランジェロ、ベートーベン、トルストイには劣る」などと述べたのである（『ニュー・ステイツマン』一九二〇年一〇月二日号、MacCarthy in Woolf 1992: 31)。ウルフは反論の投書をして、「十七世紀は十六世紀より、十八世紀は十七世紀より、十九世紀はそれ以前の三世紀を合計したより数多くの優れた女たちを生んできたはず」（Woolf 1992: 33-34）として、歴史的変化を強調した。

ウルフの投書は『ニュー・ステイツマン』誌一九二〇年一〇月九日号に掲載されたが、紙面にはマッカーシーからの反論も添えられた。マッカーシーは、優れた女たちが増えてきたことを認めながらも、「過去の女たちが逆境にあったとしても、素晴らしい知的能力を持った男たちが乗り越えてきたほどの逆境ではなかったはず」「比較的緩やかな分野（文学、詩、音楽、絵画）においても、おそらく小説以外で男たちと同じくらい目覚ましい業績を上げた女はほとんどいない」「教育を受けても、純粋な知性を働かせなくてはならない分野では、男と肩を並べる女はいない」（MacCarthy in Woolf 1992: 35-36）などと食い下がった。これに対してウルフはもう一度投書して、女たちを阻んできたさまざまな逆境を列挙した――息子たちと違って娘たちには教育にお金をかけてもらえなかった／もらえていない、家族へのサービスを求められてきた／求められている、介入してくれるような親切な親戚もいなかった／いない、やりたいことを自由に議論できるようなコミュニティがなかった／ない、出産と育児の負担が大きかった／大きい、行動の自由が限られてきた／限られている、ベネットやマッカーシーのように発言力のある男性から能力を否定されてきた／否定されている（Woolf 1992: 36-39）。この二度目の反論は『ニュー・ステイツマン』一九二〇年一〇月一六日号に掲載されるが、マッカーシーはウルフから自分への直球の批判が面倒になったのか、短いコメントを添えるのみで――「私の見解表明が女性の自由や教育の妨げになるなら、もう議論はしない」（MacCarthy in Woolf 1992: 39）――論争はうやむやに打ち切られた。

さて、ウルフが「女たちの話」という構想からどうやって本作品「ある協会」を仕上げたのか、詳しい伝記的資料は残っていないが、この論戦の記憶も生々しいうちに書き上げられたことは間違いない。論戦で交わされた言葉を織りこみつつも、怒りを昇華させて胸躍る冒険活劇に仕上げているのは、やはり小説家ウルフの本領発揮と言えるだろう。本作品には社会への違和感を持つにいたった二〇代〜三〇代の女性たちが何人も――名前が挙げられているだけで十二人が――登場し、男性の領域とされてきた公的領域を自分たちで体験し、自分たちの言葉で描写し、その善し悪しを判断しようと試みる。社会が性別によって理不尽に区分けされていることに気づき、その違和感をあえて口にしてみようとする人のことを〈フェミニスト〉と定義するなら、彼女たちはまさにフェミニスト活動家である。※2

彼女たちは社会のすべてを体験してやろうという冒険精神に満ちており、物語の展開も、その精神を反映してか、どこに転がっていくかわからない。作品冒頭で、語り手の「私」ことカッサンドラは、他の若い女性たちとともに「部屋」にいる――「部屋」の詳細は曖昧だが、ロンドンのどこか、もしかするとカッサンドラの住んでいる家の一室なのかもしれない。彼女たちは「いつものように男たちを讃え」始めるのだが、ポルの涙がそれを遮る。ポルは自分が異性にモテそうもないことを嘆いて泣いているのだろうとみんなは思うが、そうではなく、男性の書いた本というのは「たいていどうしようもなく酷《ひど》い」のに、それでもたくさん読み続けなくてはならないという運命を嘆いていることが明らかになる。そして話がさらに二転三転したあと、彼女たちはみんなで「質問協会」を結成し、社会観察へと乗り出すことになる。

社会観察が始まっても、話は四転五転していく。社会を動かしている男たちに対するコメントは皮肉たっぷりだし、潜入あり変装ありで、ここまで言うのか、ここまでやるのか、と、驚かれる読者の方々もいらっしゃるかもしれないが、訳者としてはぜひその過剰さを楽しんでいただきたい。物語の前半では協会を立ち上げて「納得できるまでは人っ子一人産むまい」とみんなで誓ったのに、後半になると会員カスタリアが「私、赤ちゃんを産むの」と宣言し、誓いをあっさり破ってしまうという展開もかなりアナーキーだ。さらに、妊娠したカスタリアが協会から追放されるかと思いきや、むしろ会長にしたらどうかとポルが提案したりして、妊娠した彼女の視点を組み入れて話が進んでいくのも、組織というものにありがちな硬直から逸脱していて面白い。

とは言え、この作品は面白いだけでは済まない展開を含んでいる。第一次世界大戦の惨劇の描写はあっさりアスタリスク（＊）で省略されるが、戦争が始まってこのかた「質問協会」が活動休止状態にあることには注目すべきだろう。会員のなかには空襲で亡くなった人もいるかもしれないし、兄弟が戦場で殺された人もいるかもしれない。そもそも協会の目的は「よい人間とよい本を生み出すこと」が「男たちによって現在どのくらい達成されているかを見極める」ものだった。彼らによる大量殺戮を前にすれば、「達成」を語ろうとしても寒いばかりだ。

こうして考えてみると、語り手の名前がカッサンドラになっている理由も見えてくる。カッサンドラはそもそもギリシャ神話に登場する、不吉なことをも見通す力のある女予言者の名前である。[※3] 本作品において、同名の語り手が女たちの「質問協会」の来し方行く末を考え、戦争の衝撃を嚙み締め、「信じていいって教えてあげられるものは一つ」であり、「自分を信じなさいって教えるしかない」と最後に語るとき、そこには男たちの知性の結集によって大量殺戮という惨い事態が引き起こされてしまったあとの、苦い認識がある。

ただし〈自分を信じる〉と言っても、それは自分の能力をただただ過信する、ということではないだろう——そんなことをしたら、ホブキン教授らの二の舞いになってしまう。作品は冒頭から〈読むこと〉そして〈問うこと〉にこだわる。すでに出版され流通している本を読むこと、男社会を読むこと、軍隊や司法やアカデミズムやジャーナリズムのしきたりを読むこと、質問をしてその回答あるいは回答拒否の空白を読むこと、新聞の号外を拾い読むこと。そうするなかで受動的に情報を受け取るのではなく、主体的に問いかけて答えをつかみとっていくこと。〈自分を信じる〉とは、そうやって情報を読み取るなかで形成されていく批判能力《リテラシー》を信じるということである。それが——それだけが——生き残った者たちの頼みの綱だと、カッサンドラ/ウルフは言いたいようだ。

一九二一年三月六日、本短編を含む『月曜か火曜か』がまもなく出版される頃に、ウルフは書評家たちの反応を気にして、日記に「「ある協会」に関しては、才気溢れる作品だが一方的にすぎる」と言われてしまうだろうと記している（Woolf 1981: 98）。予想どおりと言うべきか、翌四月に『月曜か火曜か』が出版された際、『ニュー・ステイツマン』誌のマッカーシー（半年前のウルフの論争相手である）は、本短編を名指して苦言を呈した——「「ある協会」のように軽蔑の気持ちからものを書くとき、彼女の作品は最高とは言えない」（一九二一年四月九日号、MacCarthy in Dick 1987:

62)。軽蔑の気持ちから文章を書いているのはマッカーシーのほうではないかと横槍を入れたくなるが、ウルフは本作品以降、こうしたフェミニスト活動家グループの冒険活劇をふたたび書くことはなかった。もしかすると、マッカーシーら男性書評家たちから煙たがられ一般読者からも真剣に読まれなくなるという可能性を、回避したかったのかもしれない。

ともあれ、本作品で出てきたさまざまな問い、そしてマッカーシーとの論争のなかで出てきた論点をさらに深めながら、ウルフはやがて評論『自分ひとりの部屋』(一九二九)や続編『三ギニー』(一九三八)を書き継いでいく。たとえば男性作家の書いてきたものが女性読者にはアピールしないという指摘、あるいは女性作家が逆境のなかで少しずつものを書いてきたという事実は『自分ひとりの部屋』でも探究されるものだし、男性が働きすぎていることからもたらされる弊害や、「協会」というアイディアは、『三ギニー』での反戦論や「アウトサイダーの会」(ウルフ 2017: 194)に発展する。そうしてみると、本作品はやはりフェミニスト・ウルフの原型がぎゅっと詰まった、とびきりのフェミニズム・フィクションと言えるだろう。

訳者解説注

※1　同様の「トンデモ」な女性差別の数々については、たとえばジャッキー・フレミング『問題だらけの女性たち』（二〇一八）で紹介されている。

※2　女性参政権運動がピークに達していた一九一〇年代初頭のイギリスでは、フェミニストでもとくに「サフラジェット」（非合法手段も辞さない女性参政権運動家）への注目が集まっていた。本作品で人物たちが変装したり不法侵入を行ったりするのも、「サフラジェット」たちが実際に行っていたことと重なる。なお、イギリスのサフラジェットたちの活動は、映画『未来を花束にして』（二〇一五）に描かれている他、ブレイディみかこ『女たちのテロル』（二〇一九）にも取り上げられている。

※3　フローレンス・ナイティンゲールも、自伝的文章に「カッサンドラ」というタイトルをつけている。ヴィクトリア時代の若い女性が狭い家庭生活のなかに閉じこめられていたことを弾劾するこの文章は、ナイティンゲールの生前は出版されず、ナイティンゲールの伝記で一部引用されたあと、レイ・ストレイチーによる『大義』（一九二八）の巻末に含められる形で出版されたが、スーザン・ディックによれば、ウルフはその前からこの文章を知っていた可能性があるという（Dick 1987: 60-61）。ウルフは『自分ひとりの部屋』で、ナイティンゲールの「カッサンドラ」に言及している（ウルフ 2015: 98-99）。『大義』は邦訳が『イギリス女性運動史――一七九二-一九二八』（二〇〇八）として出ているが、「カッサンドラ」は含まれておらず、『ナイチンゲール著作集』第三巻（一九七七）に収録されている。

参考文献

- ヴァージニア・ウルフ 2015『自分ひとりの部屋』片山亜紀訳、平凡社.
- ヴァージニア・ウルフ 2017『三ギニー――戦争を阻止するために』片山亜紀訳、平凡社.
- レイ・ストレイチー 2008『イギリス女性運動史――一七九二－一九二八』出淵敬子他監訳、みすず書房.
- フローレンス・ナイティンゲール 1977「カッサンドラ」『ナイチンゲール著作集』第三巻、薄井坦子他編訳、現代社.
- ブレイディみかこ 2019『女たちのテロル』岩波書店.
- ジャッキー・フレミング 2018『問題だらけの女性たち』松田青子訳、河出書房新社.
- クェンティン・ベル 1976『ヴァージニア・ウルフ伝』、第一巻、黒沢茂訳、みすず書房.
- Bennett, Arnold 1920. *Our Women: Chapters on a Sex-Discord*. New York: George H. Doran Company.
- Dick, Susan 1987. "'What Fools We Were!': Virginia Woolf's 'A Society.'" *Twentieth Century Literature*. Vol. 33, No. 1. Spring, pp.51–66.
- Lee, Hermione 1996. *Virginia Woolf*. London: Chatto & Windus.
- Reynolds, Margaret (ed.) 2002. *The Sappho Companion*. New York: St. Martin's Press.
- Woolf, Virginia 1988. "The Royal Academy" in Andrew McNeillie ed., *The Essays of Virginia Woolf, Volume Three: 1919-1924*. San Diego: Harcourt Brace Jovanovich.
- Woolf, Virginia 1981. *The Diary of Virginia Woolf, Volume 2: 1920-24*. Ed. Anne Olivier Bell. Harmondsworth: Penguin Books.
- Woolf, Virginia 1992. "The Intellectual Status of Women" in Rachel Bowlby ed., *A Woman's Essays: Selected Essays: Volume One*. Harmondsworth: Penguin Books.

ヴァージニア・ウルフ
Virginia Woolf [1882-1941]

1882年ロンドン生まれ。1915年に小説『船出』でデビューし、
その後『昼と夜』『ジェイコブの部屋』『ダロウェイ夫人』『灯台へ』『オーランドー』
『波』『歳月』『幕間』と書き継ぐ。エッセイ『自分ひとりの部屋』『三ギニー』でも知られる。
著作のほとんどは、夫とともに設立したホガース・プレス社から刊行された。
生涯にわたり心の病に苦しみ、41年に自殺。

片山亜紀
かたやま・あき

獨協大学外国語学部教員。イースト・アングリア大学大学院修了、博士(英文学)。
イギリス小説、ジェンダー研究専攻。論文に「ヴァージニア・ウルフの視覚的ポリティクス」
(柿田秀樹、若森栄樹編『〈見える〉を問い直す』所収)など。

2019年11月20日　初版発行
2020年10月20日　2刷発行

著　者　ヴァージニア・ウルフ
訳　者　片山亜紀
発行者　松尾亜紀子
発行所　株式会社エトセトラブックス
151-0053　東京都渋谷区代々木1-38-8-47
TEL:03-6300-0884　FAX:03-6300-0885
http://etcbooks.co.jp/
装　幀　鈴木千佳子
DTP　水上英子
印刷・製本　モリモト印刷株式会社

Printed in Japan　ISBN 978-4-909910-03-5